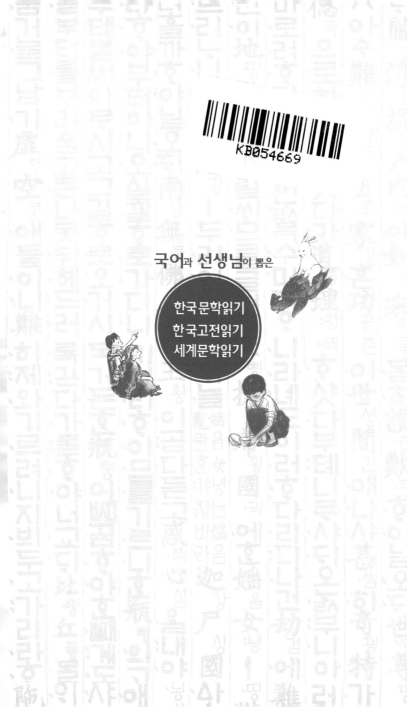

국어과 선생님이 뽑은

한국문학읽기
한국고전읽기
세계문학읽기

국어과 선생님이 뽑은 김소월 명시

진달래 꽃 & 먼 후일 & 산유화 외

★북·앤·북

국어과 선생님이 뽑은 **김소월 명시**
진달래 꽃 & 먼 후일 & 산유화 외

초판 1쇄 | 2014년 7월 15일 발행

지은이 | 김소월
교 정 | 이정민
디자인 | 인지숙
펴낸이 | 이경자
펴낸곳 | 북앤북

주소 | 서울 마포구 월드컵로 11길 35, 101동 502호
전화 | 02-336-9948
팩시밀리 | 02-337-4315
등록 | 제 313-2008-000016호

ISBN 978-89-89994-95-4 44800
        978-89-89994-91-6 (세트)

국립중앙도서관 출판시도서목록(CIP)

(국어과 선생님이 뽑은) 김소월 명시 : 진달래 꽃 & 먼 후일
& 산유화 외 / 지은이: 김소월. -- 서울 : 북앤북, 2014
    p. ;   cm. -- ((국어과 선생님이 뽑은) 문학읽기 ; 3
7)

ISBN 978-89-89994-95-4 44800 : ₩8500
ISBN 978-89-89994-91-6 (세트) 44800

한국 시[韓國詩]

811.6-KDC5   CIP2014014513

잘못된 책은 구입하신 서점에서 바꾸어 드립니다.

시의 표기는 원문에 따르는 것을 원칙으로 하고
띄어쓰기와 부호 등은 현대 표기법에 맞추어
수정하였음을 밝힙니다.

ⓒ2014 by Book & Book publishing corporation

김소월 명시 진달래 꽃 & 먼 후일 & 산유화

에게 드립니다

 작가 소개

김소월(金素月, 1902~1934)

시인. 본명 정식(廷湜), 필명 소월(素月).

평안북도 구성군 서산면 왕인동 출생. 아버지 김성도(金性燾), 어머니 장경숙(張景淑)의 장남으로 출생. 2세 때 아버지가 일본인에게 폭행을 당하여 정신병을 앓음. 광산업을 하던 할아버지에게 교육을 받고 자라며 1915년 남산학교(南山學校) 졸업 후 조만식(曺晩植)이 교장으로 있는 오산학교(五山學校)에 입학한다. 이때 그의 시재(詩才)를 인정한 김억을 만나 시에 절대적 영향을 끼친다. 오산학교에 다니던 중 3·1 운동으로 학교가 폐교되자 배재고등보통학교에 편입한 후 졸업한다. 1923년 일본 도쿄상과대학 전문부에 입학하지만 관동대지진 때 할아버지의 강요로 고국으로 돌아온다. 귀국 후 고향에서 할아버지가 경영

하는 광산 일을 돕지만 광산 사업의 실패로 처가가 있는 구성군으로 이사를 가 그곳에서 동아일보 지국을 개설하지만 실패한다. 그 즈음 문단의 절친한 벗인 나도향(羅稻香)이 요절하자 작품 활동을 중단하고 고향 곽산으로 간 후 다량의 아편을 먹고 자살로 생을 마감한다.

대표작은 〈산유화〉, 〈금잔디〉, 〈달맞이〉, 〈진달래꽃〉, 〈예전엔 미처 몰랐어요〉, 〈먼 후일〉, 〈못 잊어〉 등 다수.

김소월 명시 진달래 꽃 & 먼 후일 & 산유화 / 차례

2

해가 산마루에 저물어도

해가 산마루에 저물어도
내게 두고는 당신 때문에 저뭅니다.

해가 산마루에 올라와도
내게 두고는 당신 때문에 밝은 아침 이라고 할 것입니다.

땅이 꺼져도 하늘이 무너져도
내게 두고는 끝까지 모두 다 당신 때문에 있습니다.

다시는, 나의 이러한 맘뿐은, 때가 되면,
그림자같이 당신한테로 가우리다.

오오, 나의 애인 이었던 당신이여.

진달래 꽃 & 먼 후일 & 산유화

1

먼 후일

먼 훗날 당신이 찾으시면
그때에 내 말이 잊었노라

당신이 속으로 나무라면
무척 그리다가 잊었노라

그래도 당신이 나무라면
믿기지 않아서 잊었노라

오늘도 어제도 아니 잊고
먼 훗날 그때에 잊었노라

외로운 무덤

그대 가자 맘 속에 생긴 이 무덤
봄은 와도 꽃 하나 안 피는 무덤.

그대 간 지 십 년에 뭐라 못 잊고
제철마다 이다지 생각 새론고.

때 지나면 모두 다 잊는다 하나
어제런듯 못 잊을 서러운 그 옛날.

안타까운 이 심사 둘 곳이 없어
가슴 치며 눈물로 봄을 맞노라.

옷과 밥과 자유

공중에 떠다니는
저기 저 새요
네 몸에는 털 있고 깃이 있지.

밭에는 밭곡식
논에는 물벼
눌하게 익어서 수그러졌네!

초산 지나 적유령
넘어선다
짐 실은 저 나귀는 너 왜 넘니?

기억

달 아래 시멋 없이 섰던 그 여자,
서 있던 그 여자의 해쓱한 얼굴,
해쓱한 그 얼굴 적이 파릇함.
다시금 실뻗듯한 가지 아래서
시커먼 머리낄은 번쩍거리며.
다시금 하룻밤의 식는 강물을,
평양의 긴 단장은 숫고 가던 때.
오오 그 시멋 없이 섰던 여자여!

그립다 그 한밤을 내게 가깝던
그대여 꿈이 깊던 그 한동안을
슬픔에 귀여움에 다시 사랑의
눈물에 우리 몸이 맡기웠던 때.
다시금 고즈넉한 성 밖 골목의
사월의 늦어가는 뜬눈의 밤을
한두 개 등불 빛은 울어 새던 때,
오오 그 시멋 없이 섰던 여자여!

부귀공명

거울 들어 마주 온 내 얼굴을
좀더 미리부터 알았던들,
늙는 날 죽는 날을
사람은 다 모르고 사는 탓에,
오오 오직 이것이 참이라면,
그러나 내 세상이 어디인지?
지금부터 두여덟 좋은 연광(年光)
다시 와서 내게도 있을 말로
전보다 좀더 전보다 좀더
살음즉이 살련지 모르련만.
거울 들어 마주 온 내 얼굴을
좀더 미리부터 알았던들!

하다못해 죽어 달려가 올라

아주 나는 바랄 것 더 없노라
빛이랴 허공이랴,
소리만 남은 내 노래를
바람에나 띄워서 보낼밖에.
하다못해 죽어 달려가 올라
좀더 높은 데서나 보았으면!

한세상 다 살아도
살은 뒤 없을 것을,
내가 다 아노라 지금까지
살아서 이만큼 자랐으니.
예전에 지나 본 모든 일을
살았다고 이를 수 있을진댄!

물가의 닳아져 널린 굴껍풀에
붉은 가시덤불 뻗어 늙고
어득어득 저문 날을
비바람에 울지는 돌무더기
하다못해 죽어 달려가 올라
밤의 고요한 때라도 지켰으면!

닭소리

그대만 없게 되면
가슴 뛰는 닭 소리 늘 들어라.

밤은 아주 새어올 때
잠은 아주 달아날 때

꿈은 이루기 어려워라.

저리고 아픔이여
살기가 왜 이리 고달프냐.

새벽 그림자 산란(散亂)한 들풀 위를
혼자서 거닐어라.

해가 산마루에 저물어도

해가 산마루에 저물어도
내게 두고는 당신 때문에 저뭅니다.

해가 산마루에 올라와도
내게 두고는 당신 때문에 밝은 아침이라고 할 것입
니다.

땅이 꺼져도 하늘이 무너져도
내게 두고는 끝까지 모두 다 당신 때문에 있습니다.

다시는, 나의 이러한 맘뿐은, 때가 되면,
그림자같이 당신한테로 가우리다.

오오, 나의 애인이었던 당신이여.

찬 저녁

퍼르스렷한 달은, 성황당의
데군데군 헐어진 담 모도리에
우둑히 걸리웠고, 바위 위의
까마귀 한 쌍, 바람에 나래를 펴라.

엉긔한 무덤들은 들먹거리며,
눈 녹아 황토 드러난 멧기슭의,
여기라, 거리 불빛도 떨어져 나와,
집 짓고 들었노라, 오오 가슴이여

세상은 무덤보다도 다시 멀고
눈물은 물보다 더 더움이 없어라.
오오 가슴이여, 모닥불 피어 오르는
내 한세상, 마당가의 가을도 갔어라.

그러나 나는, 오히려 나는
소리를 들어라, 눈석이물이 씨거리는,
땅 위에 누워서, 밤마다 누워,
담 모도리에 걸린 달을 내가 또 봄으로.

꿈꾼 그 옛날

밖에는 눈, 눈이 와라,
고요히 창 아래로는 달빛이 들어라.
어스름 타고서 오신 그 여자는
내 꿈의 품속으로 들어와 안겨라.

나의 베개는 눈물로 함빡히 젖었어라.
그만 그 여자는 가고 말았느냐.
다만 고요한 새벽, 별 그림자 하나가
창틈을 엿보아라.

못잊어

못 잊어 생각이 나겠지요,
그런대로 한세상 지내시구려,
사노라면 잊힐 날 있으리다.

못 잊어 생각이 나겠지요,
그런대로 세월만 가라시구려,
못 잊어도 더러는 잊히오리다.

그러나 또 한끝 이렇지요,
그리워 살틀히 못 잊는데,
어쩌면 생각이 떠지나요?

꿈길

물구슬의 봄 새벽 아득한 길
하늘이며 들 사이에 넓은 숲
젖은 향기 붉긋한 잎 위의 길
실그물의 바람 비쳐 젖은 숲
나는 걸어가노라 이러한 길
밤저녁의 그늘진 그대의 꿈
흔들리는 다리 위 무지개 길
바람조차 가을 봄 걷히는 꿈

원앙침 鴛鴦枕

바드득 이를 갈고
죽어 볼까요
창가에 아롱아롱
달이 비친다

눈물은 새우잠의
팔굽베개요
봄꿩은 잠이 없어
밤에 와 운다.

두동달이베개는
어디 갔는고
언제는 둘이 자던 베갯머리에
죽쟈 사쟈 언약도 하여 보았지.

봄 메의 멧기슭에
우는 접동도
내 사랑 내 사랑
조히 울 것다.

두동달이베개는
어디 갔는고
창가에 아롱아롱
달이 비친다.

천리만리

말리지 못할 만치 몸부림하며
마치 천리만리나 가고도 싶은
맘이라고나 하여 볼까.
한줄기 쏜살같이 뻗은 이 길로
줄곧 치달아 올라가면
불붙는 산의, 불붙는 산의
연기는 한두 줄기 피어올라라.

만리성

밤마다 밤마다
온 하룻밤!
쌓았다 헐었다
긴 만리성(萬里城)!

부헝새

간밤에
뒷창 밖에
부헝새가 와서 울더니,
하루를 바다 위에 구름이 캄캄.
오늘도 해 못 보고 날이 저무네.

제이·엠·에스 ^{J·M·S}

평양서 나신 인격의 그 당신님,
제이·엠·에스
덕 없는 나를 미워하시고
재조(材操)있던 나를 사랑하셨다
오산 계시던 제이·엠·에스
십 년 봄 만에 오늘 아침 생각난다.
근년 처음 꿈없이 자고 일어나며.

얽은 얼굴에 자그만 키와 여윈 몸매는
달은 쇠끝 같은 지조가 튀어날 듯
타듯 하는 눈동자만이 유난히 빛나셨다.
만족을 위하여는 더도 모르시는 열정의 그 님.

소박한 풍채, 인자하신 옛날의 그 모양대로,
그러나 아아 술과 계집과 이욕(利慾)에 헝클어져
십오 년에 허주한 나를
웬일로 그 당신님
맘속으로 찾으시오? 오늘 아침.
아름답다 큰 사랑은 죽는 법 없어

기억되어 항상 내 가슴속에 숨어 있어
미처 거츠르는 내 양심을 잠재우리,
내가 괴로운 이 세상 떠날 때까지.

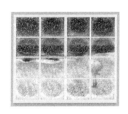

지연

오후의 네길거리 해가 들었다,
시정의 첫겨울의 적막함이여,
우둑히 문 어귀에 혼자 섰으면,
흰 눈의 잎사귀, 지연(紙鳶)이 뜬다.

맘에 있는 말이라고 다 할까 보냐

하소연하며 한숨을 지으며
세상을 괴로워하는 사람들이여!
말을 나쁘지 않도록 좋게 꾸밈은
달라진 이 세상의 버릇이라고, 오오 그대들!
맘에 있는 말이라고 다 할까 보냐.
두세 번 생각하라, 위선 그것이
저부터 밑지고 들어가는 장사일진댄.
사는 법이 근심은 못 같은다고,
남의 설움을 남은 몰라.
말 마라, 세상, 세상 사람은
세상의 좋은 이름 좋은 말로써
한 사람을 속옷마저 벗긴 뒤에는
그를 네길거리에 세워놓아라, 장승도 마찬가지.
이 무슨 일이냐, 그날로부터,
세상 사람들은 제각금 제 비위의 헐한 값으로
그의 몸값을 매마쟈고 덤벼들어라.
오오 그러면, 그대들은 이후에라도
하늘을 우러르라, 그저 혼자, 섧거나 괴롭거나.

풀따기

우리 집 뒷산에는 풀이 푸르고
숲 사이의 시냇물, 모래 바닥은
파아란 풀 그림자, 떠서 흘러요.

그리운 우리 님은 어디 계신고
날마다 피어나는 우리 님 생각
날마다 뒷산에 홀로 앉아서
날마다 풀을 따서 물에 던져요.

흘러가는 시내의 물에 흘러서
내어던진 풀잎은 옅게 떠갈 제
물살이 해적해적 품을 헤쳐요.

그리운 우리 님은 어디 계신고
가여운 이 내 속을 둘 곳 없어서
날마다 풀을 따서 물에 던지고
흘러가는 잎이나 맘해 보아요.

닭은 꼬꾸요

닭은 꼬꾸요, 꼬꾸요 울 제,
헛잡으니 두 팔은 밀려났네.
애도 타리만치 기나긴 밤은……
꿈 깨친 뒤엔 감도록 잠 아니 오네.

위에는 청초(靑草) 언덕, 곳은 깁섬,
엊저녁 대인 남포(南浦) 뱃간.
몸을 잡고 뒤재며 누웠으면
솜솜하게도 감도록 그리워 오네.

아무리 보아도
밝은 등불, 어스럿한데.
감으면 눈 속엔 흰 모래밭,
모래에 어린 안개는 물위에 슬 제

대동강 뱃나루에 해 돋아 오네.

등불과 마주 앉았으려면

적적히
다만 밝은 등불과 마주 앉았으려면
아무 생각도 없이 그저 울고만 싶습니다,
왜 그런지야 알 사람이 없겠습니다마는.

어두운 밤에 홀로이 누웠으려면
아무 생각도 없이 그저 울고만 싶습니다.
왜 그런지야 알 사람도 없겠습니다마는
탓을 하자면 무엇이라 말할 수는 있겠습니다마는.

기분 전환

땀, 땀, 여름볕에 땀 흘리며
호미 들고 밭고랑 타고 있어도,
어디선지 종달새 울어만 온다,
헌출한 하늘이 보입니다요, 보입니다요.

사랑, 사랑, 사랑에, 어스름을 맞은 님
오나 오나 하면서, 젊은 밤을 한소시 조바심할 때,
밟고 섰는 다리 아래 흐르는 강물!
강물에 새벽빛이 어립니다요, 어립니다요.

분^粉 얼굴

불빛에 떠오르는 새뽀얀 얼굴,
그 얼굴이 보내는 호젓한 냄새,
오고가는 입술의 주고받는 잔(盞),
가느스름한 손길은 아른대여라.

검으스러하면서도 붉으스러한
어렴풋하면서도 다시 분명한
줄 그늘 위에 그대의 목소리,
달빛이 수풀 위를 떠 흐르는가.

그대하고 나하고 또는 그 계집
밤에 노는 세 사람, 밤의 세 사람,
다시금 술잔 위의 긴 봄밤은
소리도 없이 창밖으로 새여 빠져라

첫치마

봄은 가나니 저문 날에,
꽃은 지나니 저문 봄에,
속없이 우나니, 지는 꽃을,
속없이 느끼나니 가는 봄을.
꽃 지고 잎 진 가지를 잡고
미친 듯 우나니, 집난이는
해 다 지고 저문 봄에
허리에도 감은 첫치마를 눈물로 함빡히 쥐어짜며
속없이 우노나 지는 꽃을,
속없이 느끼노나, 가는 봄을.

나의 집

들가에 떨어져 나가 앉은 메기슭의
넓은 바다의 물가 뒤에,
나는 지으리, 나의 집을,
다시금 큰길을 앞에다 두고.
길로 지나가는 그 사람들은
제각금 떨어져서 혼자 가는 길.
하이얀 여울턱에 날은 저물 때.
나는 문간에 서서 기다리리
새벽새가 울며 지새는 그늘로
세상은 희게, 또는 고요하게,
번쩍이며 오는 아침부터,
지나가는 길손을 눈여겨보며,
그대인가고, 그대인가고.

드리는 노래

한 집안 사람 같은 저기 저 달님

당신은 사랑의 달님이 되고
우리는 사랑의 달무리 되자.
쳐다보아도 가까운 달님
늘 같이 놀아도 싫잖은 우리.

미더움 의심 없는 모름의 달님

당신은 분명한 약속이 되고
우리는 분명한 지킴이 되자.
밤이 지샌 뒤라도 그믐의 달님
잊은 듯 보였다도 반기는 우리.

귀엽긴 귀여워도 의젓한 달님

당신은 온 천함의 달님이 되고
우리는 온 천함의 잔별이 되자.
넓은 하늘이라도 좁았던 달님
수줍음 수줍음을 따르는 우리.

그리워

봄이 다 가기 전,
이 꽃이 다 흩기 전
그린 님 오실까구
뜨는 해 지기 전에.

엷게 흰 안개 새에
바람은 무겁거니,
밤샌 달 지는 양자,
어제와 그리같이.

붙일 길 없는 맘세,
그린 님 언제 뵐련,
우는 새 다음 소린,
늘 함께 들사오면.

춘향과 이도령

평양에 대동강은
우리 나라에
곱기로 으뜸가는 가람이지요

삼천리 가다 가다 한가운데는
우뚝한 삼각산이
솟기도 했소

그래 옳소 내 누님, 오오 누이님
우리 나라 섬기던 한 옛적에는
춘향과 이도령도 살았다지요

이편에는 함양(咸陽), 저편에 담양(潭陽),
꿈에는 가끔가끔 산을 넘어
오작교(烏鵲橋) 찾아 찾아가기도 했소

그래 옳소 누이님 오오 내 누님
해 돋고 달 돌아 남원(南原) 땅에는
성춘향 아가씨가 살았다지요

가는 봄 삼월

가는 봄 삼월, 삼월은 삼질
강남 제비도 안 잊고 왔는데.
아무렴은요
설게 이때는 못 잊게, 그리워.

잊으시기야, 했으랴, 하마 어느새,
님 부르는 꾀꼬리 소리.
울고 싶은 바람은 점도록 부는데
설리도 이때는
가는 봄 삼월, 삼월은 삼질.

개여울

당신은 무슨 일로
그리합니까?
홀로히 개여울에 주저앉아서

파릇한 풀포기가
돋아 나오고
잔물은 봄바람에 헤적일 때에

가도 아주 가지는
않노라시던
그러한 약속이 있었겠지요

날마다 개여울에
나와 앉아서
하염없이 무엇을 생각합니다

가도 아주 가지는
않노라심은
굳이 잊지 말라는 부탁인지요

옛이야기

고요하고 어두운 밤이 오면은
어스러한 등불에 밤이 오면은
외로움에 아픔에 다만 혼자서
하염없는 눈물에 저는 웁니다

제 한 몸도 예전엔 눈물 모르고
조그만한 세상을 보냈습니다
그때는 지난날의 옛이야기도
아무 설움 모르고 외웠습니다

그런데 우리 님이 가신 뒤에는
아주 저를 버리고 가신 뒤에는
전날에 제게 있던 모든 것들이
가지가지 없어지고 말았습니다

그러나 그 한때에 외워 두었던
옛이야기뿐만은 남았습니다
나날이 짙어가는 옛이야기는
부질없이 제 몸을 울려 줍니다

비난수 하는 맘

함께 하려노라, 비난수 하는 나의 맘,
모든 것을 한짐에 묶어 가지고 가기까지,
아침이면 이슬 맞은 바위의 붉은 줄로,
기어오르는 해를 바라다보며, 입을 벌리고.

떠돌아라, 비난수하는 맘이여, 갈매기같이,
다만 무덤뿐이 그늘을 어른이는 하늘 위를,
바닷가의 잃어버린 세상의 있다던 모든 것들은
차라리 내 몸이 죽어 가서 없어진 것만도 못하건만.

또는 비난수 하는 나의 맘, 헐벗은 산 위에서,
떨어진 잎 타서 오르는, 냇내의 한 줄기로,
바람에 나부끼라 저녁은, 흩어진 거미줄의
밤에 매던 이슬은 곧 다시 떨어진다고 할지라도.

함께 하려 하노라, 오오 비난수 하는 나의 맘이여,
있다가 없어지는 세상에는
오직 날과 날이 닭 소리와 함께 달아나 버리며,
가까웁는, 오오 가까웁는 그대뿐이 내게 있거라!

건강한 잠

상냥한 태양이 씻은 듯한 얼굴로
산 속 고요한 거리 위를 쓴다.
봄 아침 자리에서 갓 일어난 몸에
홑것을 걸치고 들에 나가 거닐면
산뜻이 살에 숨는 바람이 좋기도 하다.
뾰족뾰족한 풀 엄을
밟는가봐 저어
발도 사뿐히, 가려 놓을 때,
과거의 십 년 기억은 머릿속에 선명하고
오늘날의 보람 많은 계획이 확실히 선다.
마음과 몸이 아울러 유쾌한 간밤의 잠이여.

그를 꿈꾼 밤

야밤중, 불빛이 발갛게
어렴풋이 보여라.

들리는 듯, 마는 듯,
발자국 소리.
스러져 가는 발자국 소리.

아무리 혼자 누어 몸을 뒤재도
잃어버린 잠은 다시 안와라.

야밤중, 불빛이 발갛게
어렴풋이 보여라.

접동새

접동
접동
아우래비 접동

진두강(津頭江) 가람가에 살던 누나는
진두강 앞마을에
와서 웁니다

옛날, 우리 나라
먼 뒤쪽의
진두강 가람가에 살던 누나는
의붓어미 시샘에 죽었습니다

누나라고 불러보랴
오오 불설워
시새움에 몸이 죽은 우리 누나는
죽어서 접동새가 되었습니다

아홉이나 남아 되던 오랩동생을
죽어서도 못 잊어 차마 못 잊어
야삼경(夜三更) 남 다 자는 밤이 깊으면
이 산 저 산 옮아가며 슬피 웁니다

사노라면 사람은 죽는 것을

하루라도 몇 번씩 내 생각은
내가 무엇하려고 살려는지?
모르고 살았노라, 그럴 말로
그러나 흐르는 저 냇물이
흘러가서 바다로 든댈진댄.
일로조차 그러면, 이 내 몸은
애쓴다고는 말부터 잊으리라.
사노라면 사람은 죽는 것을
그러나, 다시 내 몸,
봄빛의 불붙는 사태흙에
집 짓는 저 개아미
나도 살려 하노라, 그와 같이
사는 날 그날까지
살음에 즐거워서,
사는 것이 사람의 본뜻이면
오오 그러면 내 몸에는
다시는 애쓸 일도 더 없어라
사노라면 사람은 죽는 것을.

비단 안개

눈들이 비단 안개에 둘리울 때,
그때는 차마 잊지 못할 때러라.
만나서 울던 때도 그런 날이오,
그리워 미친 날도 그런 때러라.

눈들이 비단 안개에 둘리울 때,
그때는 홀목숨은 못살 때러라.
눈 풀리는 가지에 당치맛귀로
젊은 계집 목매고 달릴 때러라.

눈들이 비단 안개에 둘리울 때,
그때는 종달새 솟을 때러라.
들에랴, 바다에랴, 하늘에서랴,
아지 못할 무엇에 취할 때러라.

눈들이 비단 안개에 둘리울 때,
그때는 차마 잊지 못할 때러라.
첫사랑 있던 때도 그런 날이요,
영 이별 있던 날도 그런 때러라.

해 넘어가기 전 한참은

해 넘어가기 전 한참은
하염없기도 그지없다,
연주홍물 엎지른 하늘 위에
바람의 흰 비둘기 나돌으며 나뭇가지는 운다.

해 넘어가기 전 한참은
조마조마하기도 끝없다,
저의 맘을 제가 스스로 늦구는 이는 복 있나니
아서라, 피곤한 길손은 자리잡고 쉴지어다.

까마귀 좇닌다
종소리 비낀다.
송아지가 「음마」 하고 부른다.
개는 하늘을 쳐다보며 짖는다.

해 넘어가기 전 한참은
처량하기도 짝없다
마을 앞 개천가의 체지(體地) 큰 느티나무 아래를
그늘진 데라 찾아 나가서 숨어 울다 올거나.

해 넘어가기 전 한참은
귀엽기도 더하다.
그렇거든 자네도 이리 좀 오시게
검은 가사로 몸을 싸고 염불이나 외우지 않으랴.

해 넘어가기 전 한참은
유난히 다정도 할세라
고요히 서서 물모루 모루모루
치마폭 번쩍 펼쳐들고 반겨오는 저 달을 보시오.

물마름

주으린 새무리는 마른 나무의
해지는 가지에서 재갈이던 때.
온종일 흐르던 물 그도 곤하여
놀지는 골짜기에 목이 메던 때.

그 누가 알았으랴 한쪽 구름도
걸려서 흐느끼는 외로운 영(嶺)을
숨차게 올라서는 여윈 길손이
달고 쓴 맛이라면 다 겪은 줄을.

그곳이 어디드냐 남이 장군이
말 먹여 물 찌었던 푸른 강물이
지금에 다시 흘러 뚝을 넘치는
천백 리 두만강이 예서 백십 리.

무산(茂山)의 큰 고개가 예가 아니냐
누구나 예로부터 의를 위하여
싸우다 못 이기면 몸을 숨겨서
한때의 못난이가 되는 법이라.

그 누가 생각하랴 삼백년래(三百年來)에
참아 받지 다 못할 한과 모욕을
못 이겨 칼을 잡고 일어섰다가
인력(人力)의 다함에서 쓰러진 줄을.

부러진 대쪽으로 활을 메우고
녹슬은 호미쇠로 칼을 별러서
도독(毒)된 삼천리에 북을 울리며
정의의 기를 들던 그 사람이여.

그 누가 기억하랴 다복동(多福洞)에서
피물든 옷을 입고 외치던 일을
정주성(定州城) 하룻밤의 지는 달빛에
애그친 그 가슴이 숫기 된 줄을.

물위의 뜬 마름에 아침 이슬을
불붙는 산마루에 피었던 꽃을
지금에 우러르며 나는 우노라
이루며 못 이룸에 박(薄)한 이름을.

깊고 깊은 언약

몹쓸은 꿈을 깨어 돌아누을 때,
봄이 와서 멧나물 돋아나올 때,
아름다운 젊은이 앞을 지날 때,
잊어버렸던 듯이 저도 모르게,
얼결에 생각나는 깊고 깊은 언약

밤

홀로 잠들기가 참말 외로워요
맘에는 사무치도록 그리워요
이리도 무던히
아주 얼굴조차 잊힐 듯해요.

벌써 해가 지고 어두운데요,
이곳은 인천에 제물포, 이름난 곳,
부슬부슬 오는 비에 밤이 더디고
바다 바람이 춥기만 합니다.

다만 고요히 누워 들으면
다만 고요히 누워 들으면
하이얗게 밀어드는 봄 밀물이
눈앞을 가로막고 흐느낄 뿐이야요.

님에게

한때는 많은 날을 당신 생각에
밤까지 새운 일도 없지 않지만
아직도 때마다는 당신 생각에
추거운 베갯가의 꿈은 있지만

낯모를 딴 세상의 네길거리에
애달피 날 저무는 갓 스물이요
캄캄한 어두운 밤 들에 헤매도
당신은 잊어버린 설움이외다

당신을 생각하면 지금이라도
비오는 모래밭에 오는 눈물의
추거운 베갯가의 꿈은 있지만
당신은 잊어버린 설움이외다

잊었던 맘

집을 떠나 먼 저곳에
외로이도 다니던 내 심사를!
바람 불어 봄꽃이 필 때에는,
어쩌타 그대는 또 왔는가,
저도 잊고 나니 저 모르던 그대
어찌하여 옛날의 꿈조차 함께 오는가.
쓸데도 없이 서럽게만 오고 가는 맘.

두 사람

흰눈은 한 잎
또 한 잎
영(嶺) 기슭을 덮을 때.
짚신에 감발하고 길심매고
우뚝 일어나면서 돌아서도……
다시금 또 보이는
다시금 또 보이는.

마음의 눈물

내 마음에서 눈물 난다.
뒷산에 푸르른 미루나무 잎들이 알지,
내 마음에서, 마음에서 눈물 나는 줄을,
나 보고 싶은 사람, 나 한 번 보게 하여주소,
우리 작은놈 날 보고 싶어하지,
건넛집 갓난이도 날 보고 싶을 테지,
나도 보고 싶다, 너희들이 어떻게 자라는 것을.
나 하고 싶은 노릇 나 하게 하여주소.
못 잊혀 그리운 너의 품속이여!
못 잊히고, 못 잊혀 그립기에 내가 괴로워하는 조선이여.

마음에서 오늘날 눈물이 난다.
앞뒤 한길 포플러 잎들이 안다
마음속에 마음의 비가 오는 줄을,
갓난이야 갓놈아 나 바라보라
아직도 한길 위에 인기척 있나,
무엇이고 어머니 오시나 보다.
부뚜막 쥐도 이젠 달아났다.

동경하는 애인

네의 붉고 부드러운
그 입술에보다
네의 아름답고 깨끗한
그 혼에다
나는 뜨거운 키스를……
내 생명의 굳센 운율은
네의 조그마한 마음속에서
그침 없이 움직인다.

맘에 속의 사람

잊힐 듯이 볼 듯이 늘 보던 듯이
그립기도 그리운 참말 그리운
이 나의 맘에 속에 속 모를 곳에
늘 있는 그 사람을 내가 압니다.

인제도 인제라도 보기만 해도
다시없이 살뜰할 그 내 사람은
한두 번만 아니게 본 듯하여서
나자부터 그리운 그 사람이요.

남은 다 어림없다 이를지라도
속에 깊이 있는 것 어찌하는가,
하나 진작 낯모를 그 내 사람은
다시없이 알뜰한 그 내 사람은

나를 못 잊어하여 못 잊어하여
애타는 그 사랑이 눈물이 되어,
한끗 만나리 하는 내 몸을 가져
몹쓸음을 둔 사람, 그 나의 사람?

밭고랑 위에서

우리 두 사람은
키 높이 가득 자란 보리밭, 밭고랑 위에 앉았어라.
일을 필하고 쉬는 동안의 기쁨이여.
지금 두 사람의 이야기에는 꽃이 필 때.

오오 빛나는 태양은 내려쪼이며
새 무리들도 즐거운 노래, 노래 불러라.
오오 은혜여, 살아 있는 몸에는 넘치는 은혜여,
모든 은근스러움이 우리의 맘속을 차지하여라.

세계의 끝은 어디? 자애의 하늘은 넓게도 덮혔는데,
우리 두 사람은 일하며, 살아 있어서,
하늘과 태양을 바라보아라, 날마다 날마다도,
새라 새롭은 환희를 지어내며, 늘 같은 땅 위에서.

다시 한 번 활기있게 웃고 나서, 우리 두 사람은
바람에 일리우는 보리밭 속으로
호미 들고 들어갔어라, 가즈란히 가즈란히,
걸어 나아가는 기쁨이여, 오오 생명의 향상이여.

바람과 봄

봄에 부는 바람, 바람 부는 봄,
작은 가지 흔들리는 부는 봄바람,
내 가슴 흔들리는 바람, 부는 봄,
봄이라 바람이라 이 내 몸에는
꽃이라 술잔이라 하며 우노라.

고독

설움의 바닷가의
모래밭이라
침묵의 하루 해만 또 저물었네

탄식의 바닷가의
모래밭이니
꼭 같은 열두 시만 늘 저무누나

바잽의 모래밭에
돋는 봄풀은
매일 붓는 벌불에 터도 나타나
설움의 바닷가의
모래밭은요
봄 와도 봄 온 줄을 모른다더라

이즘의 바닷가의 모래밭이면
오늘도 지는 해니 어서 져다오

아쉬움의 바닷가 모래밭이니
뚝 씻는 물소리가 들려나다오

반달

희멀끔하여 떠돈다, 하늘 위에,
빛 죽은 반달이 언제 올랐나!
바람은 나온다, 저녁은 춥구나,
흰 물가엔 뚜렷이 해가 드누나.

어두컴컴한 풀 없는 들은
찬 안개 위로 떠 흐른다.
아, 겨울은 깊었다, 내 몸에는,
가슴이 무너져 내려앉는 이 설움아!

가는 님은 가슴에 사랑까지 없애고 가고
젊음은 늙음으로 바뀌어 든다.
들가시나무의 밤드는 검은 가지
잎새들만 저녁빛에 희그무레히 꽃 지듯 한다.

길손

얼굴 힐끔한 길손이어,
지금 막, 지는 해도 그림자조차
그대의 무거운 발 아래로
여지도 없이 스러지고 마는데

둘러보는 그대의 눈길을 막는
뾰죽뾰죽한 멧봉우리
기어오르는 구름 끝에도
비낀 놀은 붉어라, 앞이 밝게.

천천히 밤은 외로이
근심스럽게 지쳐 나리나니
물소리 처량한 냇물가에,
잠깐, 그대의 발길을 멈추라.

길손이어,
별빛에 푸르도록 푸른 밤이 고요하고
맑은 바람은 땅을 씻어라.
그대의 씨달픈 마음을 가다듬을지어다.

고적한 날

당신님의 편지를
받은 그날로
서러운 풍설이 돌았습니다.

물에 던져달라고 하신 그 뜻은
언제나 꿈꾸며 생각하라는
그 말씀인 줄 압니다.

흘려 쓰신 글씨나마
언문 글자로
눈물이라고 적어 보내셨지요.

물에 던져달라고 하신 그 뜻은
뜨거운 눈물 방울방울 흘리며,
맘 곱게 읽어달라는 말씀이지요.

봄밤

실버드나무의 검으스렷한 머리결인 낡은 가지에
제비의 넓은 깃나래의 감색(紺色) 치마에
술집의 창 옆에, 보아라, 봄이 앉았지 않는가.

소리도 없이 바람은 불며, 울며, 한숨지워라
아무런 줄도 없이 섧고 그리운 새캄한 봄밤
보드라운 습기는 떠돌며 땅을 덮어라.

고향

1

짐승은 모르는지 고향인지라
사람은 못 잊는 것 고향입니다
생시에는 생각도 아니하던 것
잠들면 어느덧 고향입니다

조상님 뼈 가서 묻힌 곳이라
송아지 동무들과 놀던 곳이라
그래서 그런지도 모르지마는
아아 꿈에서는 항상 고향입니다

2

봄이면 곳곳이 산새 소리
진달래 화초 만발하고
가을이면 골짜구니 물드는 단풍
흐르는 샘물 위에 떠나린다

바라보면 하늘과 바닷물과
차 차 차 마주 붙어가는 곳에
고기잡이배 돛 그림자
어기여차 디여차 소리 들리는 듯

3
떠도는 몸이거든
고향이 탓이 되어
부모님 기억 동생들 생각
꿈에라도 항상 그곳서 뵈옵니다

고향이 마음속에 있습니까
마음속에 고향도 있습니다
제 넋이 고향에 있습니까
고향에도 제 넋이 있습니다

마음에 있으니까 꿈에 뵈지요
꿈에 보는 고향이 그립습니다
그곳에 넋이 있어 꿈에 가지요
꿈에 가는 고향이 그립습니다

4
물결에 떠내려간 부평 줄기
자리잡을 새도 없네
제자리로 돌아갈 날 있으랴마는!
괴로운 바다 이 세상에 사람인지라 돌아가리

고향을 잊었노라 하는 사람들
나를 버린 고향이라 하는 사람들
죽어서만은 천애일방(天涯一方) 헤매지 말고
넋이라도 있거들랑 고향으로 네 가거라

귀뚜라미

산바람 소리.
찬비 뜯는 소리.
그대가 세상 고락(苦樂) 말하는 날 밤에,
순막집 불도 지고 귀뚜라미 울어라.

첫눈

땅 위에서 녹으며
성긴 가지 적시며
잔디 뿌리 축이며
골에 바람 지나며
숲에 물은 흐르며
눈도 좋이 오고녀.

초열흘은 넘으며
대보름은 맞으며
목화송이 피우며
들에 안개 잠그며
꿩도 짝을 부르며
눈도 좋이 오고녀.

황촉불

황촉(黃燭)불, 그저도 까맣게
스러져 가는 푸른 창을 기대고
소리조차 없는 흰 밤에,
나는 혼자 거울에 얼굴을 묻고
뜻없이 생각없이 들여다보노라.
나는 이르노니, 우리 사람들
첫날밤은 꿈속으로 보내고
죽음은 조는 동안에 와서,
별 좋은 일도 없이 스러지고 말어라.

구름

저기 저 구름을 잡아타면
붉게도 피로 물든 저 구름을,
밤이면 새캄한 저 구름을.
잡아타고 내 몸은 저 멀리로
구만 리 긴 하늘을 날아 건너
그대 잠든 품속에 안기렸더니,
애스러라, 그리는 못한대서,
그대여, 들으라 비가 되어
저 구름이 그대한테로 내리거든,
생각하라, 밤저녁, 내 눈물을.

공원의 밤

백양가지에 우는 전등은 깊은 밤의 못물에
어렷하기도 하며 어득하기도 하여라.
어둡게 또는 소리없이 가늘게
줄줄의 버드나무에서는 비가 쌓일 때.

푸른 그늘은 낮은 듯이 보이는 긴 잎 아래로
마주 앉아 고요히 내려깔리던 그 보드라운 눈길!
인제, 검은 내는 떠돌아올라 비구름이 되어라
아아 나는 우노라 「그 옛적의 내 사람!」

길차부

가랴 말랴 하는 길이었기에, 차부조차 더디인 것
이 아니에요.
오, 나의 애인이여 !
안타까워라. 일과 일은 꼬리를 맞물고, 생기는 것
같습니다그려.
그렇지 않고야 이 길이 왜 이다지 더디일까요.
어렷두렷하였달지, 저리도 해는 산머리에서 바재
이고 있습니다. 그런데 왜, 아직 내 조그마한 가
슴속에는 당신한테 일러둘 말이 남아있나요.
오, 나의 애인이여!
나를 어서 놓아 보내주세요. 당신의 가슴속이 나
를 꽉 붙잡습니다.

길쌈매고 감발하는 동안, 날은 어둡습니다. 야속
도 해라, 아주아주 내 조그만 몸은 당신의 소용대
로 내어맡겨도, 당신의 맘에는 기쁘겠지요. 아직
아직 당신한테 일러둘 말이 내 조그만 가슴에 남
아 있는 줄을 당신이야 왜 모를라구요. 당신의 가
슴속이 나를 꽉 붙잡습니다.
그러나 오, 나의 애인이여.

바닷가의 밤

한줌만 가느다란 좋은 허리는
품 안에 차츰차츰 졸아들 때는
지새는 겨울 새벽 춥게 든 잠이
어렴풋 깨일 때다 둘도 다 같이
사랑의 말로 못할 깊은 불안에
또 한끗 호쥬군한 옅은 몽상에.
바람은 쌔우친다 때에 바닷가
무서운 물소리는 잦 일어온다.
켱긴 여덟 팔다리 걷어채우며
산뜩히 서려오는 머리칼이여.

사랑은 달콤하지 쓰고도 맵지.
햇가는 쓸쓸하고 밤은 어둡지.
한밤의 만난 우리 다 마찬가지
너는 꿈의 어머니 나는 아버지.
일시 일시 만났다 나뉘어 가는
곳 없는 몸 되기도 서로 같거든.
아아아 허수럽다 바로 사랑도
더욱여 허수럽다 삶은 참말로.
아, 이봐 그만 일자 창이 희었다.

슬픈 날은 도적같이 달려들었다.

사랑의 선물

님 그리고 방울방울 흘린 눈물
진주 같은 그 눈물을
썩지 않은 붉은 실에
꿰이고 또 꿰여
사랑의 선물로써
님의 목에 걸어줄라.

낙천樂天

살기에 이러한 세상이라고
맘을 그렇게나 먹어야지,
살기에 이러한 세상이라고,
꽃 지고 잎 진 가지에 바람이 운다.

바라건대는 우리에게
우리의 보섭 대일 땅이 있었드면

나는 꿈꾸었노라, 동무들과 내가 가즈란히
벌가의 하루 일을 다 마치고
석양에 마을로 돌아오는 꿈을,
즐거이 꿈 가운데.

그러나 집 잃은 내 몸이여,
바라건대는 우리에게 우리의 보섭 대일 땅이 있었드면!
이처럼 떠돌으랴, 아침에 저물손에
새라 새롭은 탄식을 얻으면서.

동이랴, 남북이랴,
내 몸은 떠가나니, 볼지어다,
희망의 반짝임은, 별빛이 아득임은,
물결뿐 떠올라라, 가슴에 팔다리에.

그러나 어쩌면 황송한 이 심정을! 날로 나날이 내 앞에는
자칫 가늘은 길이 이어가라. 나는 나아가리라
한 걸음, 또 한 걸음. 보이는 산비탈엔
온 새벽 동무들 저저 혼자…… 산경(山耕)을 김매이는.

금잔디

잔디,
잔디,
금잔디,
심심산천(深深山川)에 붙는 불은
가신 님 무덤가에 금잔디.
봄이 왔네, 봄빛이 왔네.
버드나무 끝에도 실가지에.
봄빛이 왔네, 봄날이 왔네,
심심산천에도 금잔디에.

꿈으로 오는 한 사람

나이 차라지면서 가지게 되었노라
숨어 있던 한 사람이, 언제나 나의,
다시 깊은 잠 속의 꿈으로 와라
붉으렷한 얼굴에 가늣한 손가락의,
모르는 듯한 거동(擧動)도 전날의 모양대로
그는 야젓이 나의 팔 위에 누워라
그러나 그래도 그러나!
말할 아무것이 다시 없는가!
그냥 먹먹할 뿐, 그대로
그는 일어라. 닭의 홰치는 소리.
깨어서도 늘, 길거리에 사람을
밝은 대낮에 빗보고는 하노라

둥근 해

솟아온다 둥근 해
해족인다 둥근 해
끊임없이 그 자체
타고 있는 둥근 해.

그가 솟아올 때면
내 가슴이 뛰논다
너의 웃음소리에
내 가슴이 뛰논다.

물이 되랴 둥근 해
둥근 해는 네 웃음
불이 되랴 둥근 해
둥근 해는 네 마음.

그는 숨어 있것다
신비로운 밤빛에
너의 웃는 웃음은
사랑이란 그 안에.

그는 매일 걷는다.
끝이 없는 하늘을
너의 맘은 헴친다.
생명이란 바다를.

밝은 그 볕 아래선
푸른 풀이 자란다
너의 웃음 앞에선
내 머리가 자란다.

불이 붙는 둥근 해
내 사랑의 웃음은
동편 하늘 열린 문
내 사랑의 얼굴은.

부모

낙엽이 우수수 떠러질 때,
겨울의 기나긴 밤,
어머님하고 둘이 앉아
옛이야기 들어라.

나는 어쩌면 생겨나와
이 이야기 듣는가?
묻지도 말아라, 내일날에
내가 부모 되어서 알아보랴?

서울 밤

붉은 전등.
푸른 전등.
넓다란 거리면 푸른 전등.
막다른 골목이면 붉은 전등.
전등은 반짝입니다.
전등은 그무립니다.
전등은 또다시 어스렷합니다.
전등은 죽은 듯한 긴 밤을 지킵니다.

나의 가슴의 속모를 곳의
어둡고 밝은 그 속에서도
붉은 전등이 흐드겨 웁니다.
푸른 전등이 흐드겨 웁니다.

붉은 전등.
푸른 전등.
머나먼 밤하늘은 새캄합니다.
머나먼 밤하늘은 새캄합니다.

서울 거리가 좋다고 해요.
서울 밤이 좋다고 해요.
붉은 전등.
푸른 전등.
나의 가슴의 속 모를 곳의
푸른 전등은 고적합니다.
붉은 전등은 고적합니다.

옛님을 따라가다
꿈 깨어 탄식함이라

붉은 해 서산 위에 걸리우고
뿔 못 영근 사슴이의 무리는 슬피 울 때,
둘러보면 떨어져 앉은 산과 거치른 들이
차례 없이 어우러진 외따로운 길을
나는 홀로 아득이며 걸었노라.
불서럽게도 모신 그 여자의 사당에
늘 한 자루 촛불이 타붙음으로.

우둑히 서서 내가 볼 때,
몰아가는 말은 워낭 소리 댕그랑거리며,
당주홍칠(唐朱紅漆)에 남견(藍絹)의 휘장을 달고
얼른얼른 지나던 가마 한 채.
지금이라도 이름 불러 찾을 수 있었으면!
어느 때나 심중에 남아 있는 한마디 말을
사람은 마저 하지 못하는 것을.

오오 내 집의 헐어진 문루(門樓) 위에
자리잡고 앉았는 그 여자의
화상(畵像)은 나의 가슴속에서 물조차 날건마는!

오히려 나는 울고 있노라
생각은 꿈뿐을 지어주나니.
바람이 나뭇가지를 스치고 가면
나도 바람결에 부쳐버리고 말았으면.

바리운 몸

꿈에 울고 일어나
들에
나와라.

들에는 소슬비
머구리는 울어라.
들 그늘 어두운데

뒷짐지고 땅 보며 머뭇거릴 때.

누가 반딧불 꾀어드는 수풀 속에서
간다 잘 살어라 하며, 노래 불러라.

왕십리

비가 온다
오누나
오는 비는
올지라도 한 닷새 왔으면 좋지.

여드레 스무날엔
온다고 하고
초하루 삭망(朔望)이면 간다고 했지.
가도 가도 왕십리(往十里) 비가 오네.

웬걸, 저 새야
울려거든
왕십리 건너가서 울어나 다오,
비 맞아 나른해서 벌새가 운다.

천안에 삼거리 실버들도
촉촉히 젖어서 늘어졌다데.
비가 와도 한 닷새 왔으면 좋지.
구름도 산마루에 걸려서 운다.

길

어제도 하룻밤
나그네 집에
까마귀 가왁가왁 울며 새었소.

오늘은
또 몇 십 리
어디로 갈까.

산으로 올라갈까
들로 갈까
오라는 곳이 없어 나는 못 가오.

말 마소 내 집도
정주곽산(定州郭山)
차 가고 배 가는 곳이라오.

여보소 공중에
저 기러기
공중엔 길 있어서 잘 가는가?

여보소 공중에
저 기러기
열 십 자(十字) 복판에 내가 섰소.

갈래갈래 갈린 길
길이라도
내게 바이 갈 길은 하나 없소.

돈과 밥과 맘과 들

1

얼굴이면 거울에 비추어도 보지만, 하루에도 몇 번씩
비추어도 보지만, 어쩌랴 그대여 우리들의 뜻 같은 백(百)을
산들 한 번을 비출 곳이 있으랴

2

밥 먹다 죽었으면 그만일 것을 가지고
잠자다 죽었으면 그만일 것을 가지고 서로가락 그렇지
어쩌면 우리는 쭉하면 제 몸만을 내세우려 하더냐
호미 잡고 들에 내려서 곡식이나 기르자

3

순직한 사람은 죽어 하늘나라에 가고
모질던 사람은 죽어 지옥 간다고 하여라
우리네 사람들아, 그뿐 알아둘진댄 아무런 괴로움도
다시없이 살 것을 머리 수그리고 앉았던 그대는
다시 「돈!」 하며 건너 산을 건너다보게 되누나

4
등잔불 그무러지고 닭소리는 잦은데
여태 자지 않고 있더냐 다짐도 하지 그대 요밤 새면
내일 날이 또 있지 않우

5
사람아 나더러 말썽을 마소
거슬러 예는 물을 거스른다고
말하는 사람부터 어리석겠소

가노라 가노라 나는 가노라
내 성품 끄는 대로 나는 가노라
열두 길 물이라도 나는 가노라

달래어 아니 듣는 어린 적 맘이
일러서 아니 듣는 오늘날 맘의
장본이 되는 줄을 몰랐더니

6

아니면 아니라고
말을 하오
소라도 움마 하고 울지 않소

기면 기라고라도
말을 하오
저울추는 한곳에 놓인다오

기라고 한대서 기뻐 뛰고
아니라고 한대서 눈물 흘리고
단념하고 돌아설 내가 아니오

7

금전 반짝
은전 반짝
금전과 은전이 반짝반짝

여보오
서방님
그런 말 마오

넘어가요
넘어를 가요
두 손길 마주 잡고 넘어나 가세

여보오
서방님
저기를 보오

엊저녁 넘던 산마루에
꽃이 꽃이
피었구려

삼 년을 살아도
몇 삼 년을
잊지를 말라는 꽃이라오

그러나 세상은
내 집 길도
한 길이 아니고 열 갈래라

여보오 서방님 이 세상에
나왔다가 금전은 내 못 써도
당신 위해 천 냥은 쓰오리다

자나 깨나 앉으나 서나

자나 깨나 앉으나 서나
그림자 같은 벗 하나이 내게 있었습니다.

그러나, 우리는 얼마나 많은 세월을
쓸데없는 괴로움으로만 보내었겠습니까!

오늘은 또다시, 당신의 가슴속, 속 모를 곳을
울면서 나는 휘저어 버리고 떠납니다그려.

허수한 맘, 둘 곳 없는 심사에 쓰라린 가슴은
그것이 사랑, 사랑이던 줄이 아니도 잊힙니다.

진달래 꽃 & 먼 후일 & 산유화

2

개아미

진달래꽃이 피고
바람은 버들가지에서 울 때,
개아미는
허리 가늣한 개아미는
봄날의 한나절, 오늘 하루도
고달피 부지런히 집을 지어라.

엄마야 누나야

엄마야 누나야 강변(江邊) 살자,
뜰에는 반짝이는 금 모래빛,
뒷문 밖에는 갈잎의 노래
엄마야 누나야 강변 살자!

오는 봄

봄날이 오리라고 생각하면서
쓸쓸한 긴 겨울을 지나보내라.
오늘 보니 백양(白楊)의 뻗은 가지에
전에 없이 흰새가 앉아 울어라.

그러나 눈이 깔린 두던 밑에는
그늘이냐 안개냐 아지랑이냐.
마을들은 곳곳이 움직임 없이
저편 하늘 아래서 평화롭건만.

새들게 지껄이는 까치의 무리.
바다를 바라보며 우는 까마귀.
어디로써 오는지 종경 소리는
젊은 아기 나가는 조곡(吊曲)일러라.

보라 때에 길손도 머뭇거리며
지향없이 갈 발이 곳을 몰라라.
사무치는 눈물은 끝이 없어도
하늘을 쳐다보는 살음의 기쁨.

저마다 외로움의 깊은 근심이
오도가도 못하는 망상거림에
오늘은 사람마다 님을 여이고
곳을 잡지 못하는 설움일러라.

오기를 기다리는 봄의 소리는
때로 여윈 손끝을 울릴지라도
수풀 밑에 서리운 머리카락들은
걸음 걸음 괴로이 발에 감겨라.

꿈자리

오오 내 님이여! 당신이 내게 주시려고 간 곳마다 이 자리를 깔아놓아 두시지 않으셨어요. 그렇겠어요 확실히 그러신 줄을 알겠어요. 간 곳마다 저는 당신이 펴놓아 주신 이 자리 속에서 항상 살게 되므로 당신이 미리 그러신 줄을 제가 알았어요.

오오 내 님이여! 당신이 펴놓아 주신 이 자리는 맑은 못 밑과 같이 고조곤도 하고 아늑도 했어요. 홈싹홈싹 숨치우는 보드라운 모래 바닥과 같은 긴 길이, 항상 외롭고 힘없는 저의 발길을 그리운 당신한테로 인도하여 주겠지요. 그러나 내 님이여! 밤은 어둡구요 찬 바람도 불겠지요. 닭은 울었어도 여태도록 빛나는 새벽은 오지 않겠지요. 오오 제 몸에 힘 되시는 내 그리운 님이여! 외롭고 힘없는 저를 부둥켜안으시고 영원히 당신의 믿음성스러운 그 품속에서 저를 잠들게하여 주셔요.

당신이 펴놓아 주신 이 자리는 외롭고 쓸쓸합니다마는, 제가 이 자리 속에서 잠자고 놀고 당신만을 생각할 그 때에는 아무러한 두려움도 없고 괴로움도 잊어버려지고 마는데요.

그러면 님이여! 저는 이 자리에서 종신토록 살겠어요.

오오 내 님이여! 당신은 하루라도 저를 이 세상에 더 묵게 하시려고 이 자리를 간 곳마다 깔아놓아 두셨어요. 집 없고 고단한 제 몸의 종적을 불쌍히 생각하셔서 검소한 이 자리를 간 곳마다 제 소유로 장만하여주셨어요. 그리고 또 당신은 제 엷은 목숨의 줄을 온전히 붙잡아주시고 외로이 일생을 제가 위험 없는 이 자리 속에 살게하여 주셨어요.

오오 그러면 내 님이여! 끝끝내 저를 이 자리 속에 두어주셔요. 당신이 손수 당신의 그 힘 되고 믿음성부른 품속에다 고요히 저를 잠들려 주시고 저를 또 이 자리 속에 당신이 손수 묻어주셔요.

들돌이

들꽃은
피어
흩어졌어라.

들풀은
들로 한 벌 가득히 자라 높았는데
뱀의 헐벗은 묵은 옷은
길 분전의 바람에 날아 돌아라.

저 보아, 곳곳이 모든 것은
번쩍이며 살아 있어라.
두 나래 펼쳐 떨며
소리개도 높이 떴어라.

때에 이 내 몸
가다가 또다시 쉬기도 하며,
숨에 찬 내 가슴은
기쁨으로 채워져 사뭇 넘쳐라.

걸음은 다시금 또 더 앞으로……

후살이

홀로된 그 여자
근일(近日)에 와서는 후살이 간다 하여라.
그렇지 않으랴, 그 사람 떠나서
이제 십 년, 저 혼자 더 살은 오늘날에 와서야……
모두 다 그럴듯한 사람 사는 일레요.

맘 켕기는 날

오실 날
아니 오시는 사람!
오시는 것 같게도
맘 켕기는 날!
어느덧 해도 지고 날이 저무네!

강촌

날 저물고 돋는 달에
흰 물은 쏼쏼……
금모래 반짝……
청(靑)노새 몰고 가는 낭군(郞君)!
여기는 강촌
강촌에 내 몸은 홀로 사네.
말하자면, 나도 나도
늦은 봄 오늘이 다 진(盡)토록
백년처권(百年妻眷)을 울고 가네.
길쎄 저문 나는 선비,
당신은 강촌에 홀로된 몸.

삭주구성

물로 사흘 배 사흘
먼 삼천 리
더더구나 걸어 넘는 먼 삼천 리
삭주구성(朔州龜城)은 산을 넘은 육천 리요

물 맞아 함빡히 젖은 제비도
가다가 비에 걸려 오노랍니다
저녁에는 높은 산
밤에 높은 산

삭주구성은 산 넘어
먼 육천 리
가끔가끔 꿈에는 사오천 리
가다오다 돌아오는 길이겠지요

서로 떠난 몸이길래 몸이 그리워
님을 둔 곳이길래 곳이 그리워
못 보았소 새들도 집이 그리워
남북으로 오며 가며 아니 합디까

들 끝에 날아가는 나는 구름은
밤쯤은 어디 바로 가 있을 텐고
삭주구성은 산 넘어
먼 육천 리

옛낯

생각의 끝에는 졸음이 오고
그리움 끝에는 잊음이 오나니,
그대여, 말을 말어라, 이후부터,
우리는 옛낯 없는 설움을 모르리.

오과^{午過}의 읍^泣

노란 꽃에 수놓인 푸른 뫼 위에,
볼 새 없이 옮기는 해 그늘이여.

나물 그늘 옆에 낀 어린 따님의,
가는 나비 바라며 눈물 짐이여.

앞길가에 버들잎 벌써 푸르고,
어제 보던 진달래 흩어짐이여.

늦은 봄의 농사집 쓸쓸도 해라,
지개문만 닫히고 닭개 소리여.

벌에 부는 바람은 해를 보내고,
골에 우는 새 소리 옅어감이여.

누운 곳이 차차로 누거워오니,
이름 모를 시름에 해 늦음이여.

산

산새도 오리나무
위에서 운다
산새는 왜 우노, 시메산골
영(嶺) 넘어 갈라고 그래서 울지.

눈은 내리네, 와서 덮이네.
오늘도 하룻길
칠팔십 리
돌아서서 육십 리는 가기도 했소.

불귀(不歸), 불귀, 다시 불귀,
삼수갑산(三水甲山)에 다시 불귀.
사나이 속이라 잊으련만,
십오 년 정분을 못 잊겠네

산에는 오는 눈, 물에는 녹는 눈.
산새도 오리나무
위에서 운다.
삼수갑산 가는 길은 고개의 길.

가을 저녁에

물은 희고 길구나, 하늘보다도.
구름은 붉구나, 해보다도.
서럽다, 높아 가는 긴 들 끝에
나는 떠돌며 울며 생각한다, 그대를.

그늘 깊이 오르는 발 앞으로
끝없이 나아가는 길은 앞으로.
키 높은 나무 아래로, 물 마을은
성긋한 가지가지 새로 떠오른다.

그 누가 온다고 한 언약도 없건마는!
기다려 볼 사람도 없건마는!
나는 오히려 못 물가를 싸고 떠돈다.
그 못물로는 놀이 잦을 때.

바다

뛰노는 흰 물결이 일고 또 잦는
붉은 풀이 자라는 바다는 어디

고기잡이꾼들이 배 위에 앉아
사랑 노래 부르는 바다는 어디

파랗게 좋이 물든 남(藍)빛 하늘에
저녁놀 스러지는 바다는 어디

곳 없이 떠다니는 늙은 물새가
떼를 지어 좇니는 바다는 어디

건너서서 저편(便)은 딴 나라이라
가고 싶은 그리운 바다는 어디

가는 길

그립다
말을 할까
하니 그리워

그냥 갈까
그래도
다시 더 한 번……

저 산에도 까마귀, 들에 까마귀,
서산에는 해 진다고
지저귑니다.

앞 강물, 뒷 강물,
흐르는 물은
어서 따라 오라고 따라 가자고
흘러도 연달아 흐릅디다려.

나는 세상 모르고 살았노라

가고 오지 못한다는 말을
철없던 내 귀로 들었노라.
만수산(萬壽山)을 나서서
옛날에 갈라선 그 내 님도
오늘날 뵈올 수 있었으면.

나는 세상 모르고 살았노라,
고락(苦樂)에 겨운 입술로는
같은 말도 조금 더 영리하게
말하게도 지금은 되었건만.
오히려 세상 모르고 살았으면!

돌아서면 무심타는 말이
그 무슨 뜻인 줄을 알았스랴.
제석산(帝釋山) 붙는 불은 옛날에 갈라선 그 내 님의
무덤에 풀이라도 태웠으면!

바다가 변하여 뽕나무밭 된다고

걷잡지 못할 만한 나의 이 설움,
저무는 봄 저녁에 져가는 꽃잎,
져가는 꽃잎들은 나부끼어라.
예로부터 일러 오며 하는 말에도
바다가 변하여 뽕나무밭 된다고.
그러하다, 아름다운 청춘의 때에
있다던 온갖 것은 눈에 설고
다시금 낯 모르게 되나니,
보아라, 그대여, 서럽지 않은가,
봄에도 삼월의 져가는 날에
붉은 피같이도 쏟아쳐 내리는
저기 저 꽃잎들을, 저기 저 꽃잎들을.

산 위에

산 위에 올라서서 바라다보면
가로막힌 바다를 마주 건너서
님 계시는 마을이 내 눈앞으로
꿈 하늘 하늘같이 떠오릅니다

흰 모래 모래 비낀 선창(船倉)가에는
한가한 뱃노래가 멀리 잦으며
날 저물고 안개는 깊이 덮여서
흩어지는 물꽃뿐 안득입니다

이윽고 밤 어두운 물새가 울면
물결조차 하나 둘 배는 떠나서
저 멀리 한바다로 아주 바다로
마치 가랑잎같이 떠나갑니다

나는 혼자 산에서 밤을 새우고
아침해 붉은 볕에 몸을 씻으며
귀 기울고 솔곳이 엿듣노라면
님 계신 창 아래로 가는 물노래

흔들어 깨우치는 물노래에는
내 님이 놀라 일어나 찾으신대도
내 몸은 산 위에서 그 산 위에서
고이 깊이 잠들어 다 모릅니다

어버이

잘 살며 못 살며 할 일이 아니라
죽지 못해 산다는 말이 있나니,
바이 죽지 못할 것도 아니지마는
금년에 열네 살, 아들딸이 있어서
순복이 아버님은 못 하노란다.

자나 깨나 앉으나 서나

자나 깨나 앉으나 서나
그림자 같은 벗 하나이 내게 있었습니다.

그러나, 우리는 얼마나 많은 세월을
쓸데없는 괴로움으로만 보내었겠습니까!

오늘은 또다시, 당신의 가슴속, 속 모를 곳을
울면서 나는 휘저어 버리고 떠납니다그려.

허수한 맘, 둘 곳 없는 심사(心事)에 쓰라린 가슴은
그것이 사랑, 사랑이던 줄이 아니도 잊힙니다.

신앙

눈을 감고 잠잠히 생각하라.
무거운 짐에 우는 목숨에는
받아 가질 안식을 더 하랴고
반드시 힘있는 도움의 손이
그대들을 위하여 내밀어지리니.

그러나 길은 다하고 날이 저무는가,
애처로운 인생이여
종소리는 배바삐 흔들리고
애구 조가(弔歌)는 비껴 울 때
머리 수그리며 그대 탄식하리.

그러나 꿇어앉아 고요히
빌라, 힘있게 경건하게
그대의 맘 가운데
그대를 지키고 있는 아름다운 신을
높이 우러러 경배하라.

멍에는 괴롭고 짐은 무거워도
두드리던 문은 머지않아 열릴지니,
가슴에 품고 있는 명멸의 그 등잔을
부드러운 예지의 기름으로
채우고 또 채우라.

그러하면 목숨의 봄 두던의
살음을 감사하는 높은 가지,
잊었던 진리의 몽우리에 잎은 피며,
신앙 불붙는 고운 잔디
그대의 헐벗은 영(靈)을 싸덮으리.

삼수갑산

삼수갑산 내 왜 왔노, 삼수갑산 어디메냐.
오고나니 기험(奇險)타. 아하 물도 많고 산 첩첩이라

내 고향을 도로 가자, 내 고향을 내 못 가네.
삼수갑산 멀더라 아하 촉도지란(蜀道之難)이 예로구나

삼수갑산 어디메냐, 내가 오고 내 못 가네
불귀(不歸)로다 내 고향을 아하, 새가 되면 떠가리라

님 계신 곳 내 고향을 내 못 가네 내 못 가네.
오나가나 야속타, 아하 삼수갑산 날 가두었네.

내 고향을 가고지고 오호 삼수갑산 날 가두었네
불귀로다 내 몸이야 아하 삼수갑산 못 벗어난다

장별리

연분홍 저고리 빨갛게 불붙은
평양에도 이름 높은 장별리,
금실 은실의 가는 실비는
비스듬히 내리네, 뿌리네.

털털한 배암무늬 양산에
내리는 가는 실비는
위에나 아래나 내리네, 뿌리네.

흐르는 대동강 한복판에
울며 돌던 벌새의 떼무리,
당신과 이별하던 한복판에
비는 쉴 틈 없이 내리네, 뿌리네.

서로 믿음

당신한테 물어볼까 내 생각은
이 물과 저 물이 모두 흘린
무엇을 뜻함이 있느냐고?
죽은 듯이 고요한 골짜기엔
꺼림칙한 괴로운 몹쓸 꿈만
빛 검은 물이 되어 흐르지요
품 안아올려 누인 나의 당신
눈 없이 어룹쓰는 이 손길은
시로 내 가슴에서 치우세요
그러나 이보세요 여기야요
밝고 호젓한 보름달이
새벽의 흔들리는 물노래로
부끄러워 무서워 숨을 듯이
떨고 있는 물 밑을 못 보세요
아직 그래도 나의 당신
머뭇거림이 있는가요
저 산과 이 산이 마주 서선
무엇을 뜻하는 줄 아시나요

잠

생각하는 머리에
누워보는 글줄에
가깝게도 너는 늘
숨어드네 떠도네.

일곱 별의 밤하늘
번쩍이는 깁그물
내 나래를 얽으며
달이 든다 가람물.

노래한다 갈잎새
꽃이 핀다 물모래
다복할사 내 베개
네게 맡길 그 한때.

하지마는 새로이
내 눈썹에 눈물이
젖는 줄을 알고는
그만 너는 가겠지.

두루 나는 찾는다
가신 네가 행여나
다시 올까 올까고
하지마는 일없다.

봄철이면 동틀 녘
저녁이면 초저녁
그리운 이 너 하나
외로워서 슬플 적.

상쾌한 아침

무연한 벌 위에 들어다 놓은 듯한 이 집
또는 밤새에 어디서 어떻게 왔는지 아지 못할 이 비.
신개지(新開地)에도 봄은 와서 가냘픈 빗줄은
뚝가의 어슴푸레한 개버들 어린 엄도 축이고,
난벌에 파릇한 뉘 집 파밭에도 뿌린다.
뒷 가시나무 밭에 깃들인 까치떼 좋아 지껄이고
개굴가에서 오리와 닭이 마주 앉아 깃을 다듬는다.
무연한 이 벌 심어서 자라는 꽃도 없고 메꽃도 없고
이 비에 장차 이름 모를 들꽃이나 필는지?
장쾌한 바닷물결, 또는 구릉의 미묘한 기복도 없이
다만 되는 대로 되고 있는 대로 있는 무연한 벌!
그러나 나는 내버리지 않는다. 이 땅이 지금 쓸쓸하다고,
나는 생각한다. 다시금, 시원한 빗발이 얼굴에 칠 때,
예서뿐 있을 앞날의 많은 변전의 후에
이 땅이 우리의 손에서 아름다워질 것을! 아름다워질 것을!

산유화

산에는 꽃피네
꽃이 피네
갈 봄 여름 없이
꽃이 피네

산에
산에
피는 꽃은
저만치 혼자서 피어 있네

산에서 우는 적은 새요
꽃이 좋아
산에서
사노라네

산에는 꽃 지네
꽃이 지네
갈 봄 여름 없이
꽃이 지네

실제(1)

동무들 보십시오 해가 집니다
해지고 오늘날은 가노랍니다
윗옷을 잽시빨리 입으십시오
우리도 산마루로 올라갑시다

동무들 보십시오 해가 집니다
세상의 모든 것은 빛이 납니다
이제는 주춤주춤 어둡습니다
예서 더 저문 때를 밤이랍니다

동무들 보십시오 밤이 옵니다
박쥐가 발부리에 일어납니다
두 눈을 인제 그만 감으십시오
우리도 골짜기로 내려갑시다

어려 듣고 자라 배워 내가 안 것은

이것이 어려운 일인 줄은 알면서도,
나는 아득이노라, 지금 내 몸이
돌아서서 한 걸음만 내어놓으면!
그 뒤엔 모든 것이 꿈 되고 말련마는,
그도 보면 엎드러친 물은 흘러버리고
산에서 시작한 바람은 벌에 불더라.

타다 남은 촉(燭)불의 지는 불꽃을
오히려 뜨거운 입김으로 불어가면서
비추어 볼 일이야 있으랴, 오오 있으랴
차마 그대의 두려움에 떨리는 가슴의 속을,
때에 자리잡고 있는 낯모를 그 한 사람이
나더러 「그만하고 갑시사」 하며, 말을 하더라.

붉게 익은 댕추의 씨로 가득한 그대의 눈은
나를 가르쳐주었어라, 열 스무 번 가르쳐주었어라.
어려 듣고 자라 배워 내가 안 것은
무엇이랴 오오 그 무엇이랴?
모든 일은 할 대로 하여보아도
얼마만한 데서 말 것이더라.

설움의 덩이

꿇어앉아 올리는 향로(香爐)의 향불.
내 가슴에 조그만 설움의 덩이.
초닷새 달그늘에 빗물이 운다.
내 가슴에 조그만 설움의 덩이.

담배

나의 긴 한숨을 동무하는
못 잊게 생각나는 나의 담배!
내력(來歷)을 잊어버린 옛시절에
낳다가 새 없이 몸이 가신
아씨님 무덤 위의 풀이라고
말하는 사람도 보았어라.
어물어물 눈앞에 쓰러지는 검은 연기,
다만 타붙고 없어지는 불꽃.
아 나의 괴로운 이 맘이여.
나의 하염없이 쓸쓸한 많은 날은
너와 한가지로 지나가라.

여름의 달밤

서늘하고 달 밝은 여름밤이여
구름조차 희미한 여름밤이여
그지없이 거룩한 하늘로써는
젊음의 붉은 이슬 젖어 내려라.

행복의 맘이 도는 높은 가지의
아슬아슬 그늘 잎새를
배불러 기어 도는 어린 벌레도
아아 모든 물결은 복받았어라.

뻗어 뻗어 오르는 가시덩굴도
희미하게 흐르는 푸른 달빛이
기름 같은 연기에 멱감을러라.
아아 너무 좋아서 잠 못 들어라.

우긋한 풀대들은 춤을 추면서
갈잎들은 그윽한 노래 부를 때.
오오 내려 흔드는 달빛 가운데
나타나는 영원을 말로 새겨라.

자라는 물벼 이삭 벌에서 불고
마을로 은(銀) 숫듯이 오는 바람은
눅잦추는 향기를 두고 가는데
인가들은 잠들어 고요하여라.

하루 종일 일하신 아기 아버지
농부들도 편안히 잠들었어라.
영 기슭의 어득한 그늘 속에선
쇠스랑과 호미뿐 빛이 피어라.

이윽고 식새리 소리는
밤이 들어가면서 더욱 잦을 때
나락밭 가운데의 우물 물가에는
농녀(農女)의 그림자가 아직 있어라.

달빛은 그무리며 넓은 우주에
잃어졌다 나오는 푸른 별이요.
식새리의 울음의 넘는 곡조(曲調)요.
아아 기쁨 가득한 여름밤이여.

삼간집에 불붙는 젊은 목숨의
정열에 목맺히는 우리 청춘은
서늘한 여름밤 잎새 아래의
희미한 달빛 속에 나부끼어라.

한때의 자랑 많은 우리들이여
농촌에서 지나는 여름보다도
여름의 달밤보다 더 좋은 것이
인간에 이 세상에 다시 있으랴.

조그만 괴로움도 내어버리고
고요한 가운데서 귀기울이며
흰달의 금물결에 노(櫓)를 저어라
푸른 밤의 하늘로 목을 놓아라.

아아 찬양하여라 좋은 한때를
흘러가는 목숨을 많은 행복을.
여름의 어스러한 달밤 속에서
꿈같은 즐거움의 눈물 흘러라.

새벽

낙엽이 발이 숨는 못물가에
우뚝우뚝한 나무 그림자
물빛조차 어섬푸레히 떠오르는데,
나 혼자 섰노라, 아직도 아직도,
동녘 하늘은 어두운가.
천인(天人)에도 사랑 눈물, 구름 되어,
외로운 꿈의 베개, 흐렸는가
나의 님이여, 그러나 그러나
고이도 붉으스레 물 질러 와라
하늘 밟고 저녁에 섰는 구름.
반달은 중천에 지새일 때.

예전엔 미처 몰랐어요

봄 가을 없이 밤마다 돋는 달도
예전엔 미처 몰랐어요.

이렇게 사무치게 그리울 줄도
예전엔 미처 몰랐어요.

달이 암만 밝아도 쳐다볼 줄을
예전엔 미처 몰랐어요.

이제금 저 달이 설움인 줄은
예전엔 미처 몰랐어요.

우리 집

이바루
외따로 와 지나는 사람 없으니
밤 자고 가자 하며 나는 앉어라.

저 멀리, 하느편(便)에
배는 떠나 나가는
노래 들리며

눈물은
흘러나려라
스르르 내려 감는 눈에.

꿈에도 생시에도 눈에 선한 우리 집

또 저 산 넘어 넘어
구름은 가라.

눈

새하얀 흰 눈, 가비엽게 밟을 눈,
재가 타서 날릴 듯 꺼질 듯한 눈,
바람엔 흩어져도 불길에야 녹을 눈.
계집의 마음. 님의 마음.

진달래꽃

나 보기가 역겨워
가실 때에는
말없이 고이 보내드리우리다

영변(寧邊)에 약산(藥山)
진달래꽃
아름 따다 가실 길에 뿌리우리다

가시는 걸음 걸음
놓인 그 꽃을
사뿐히 즈려밟고 가시옵소서

나 보기가 역겨워
가실 때에는
죽어도 아니 눈물 흘리우리다

기회

강 위에 다리는 놓였던 것을!
나는 왜 건너가지 못했던가요.
「때」의 거친 물결은 볼 새도 없이
다리를 무너치고 흐릅니다려

먼저 건넌 당신이 어서 오라고
그만큼 부르실 때 왜 못 갔던가!
당신과 나는 그만 이편 저편서.
때때로 울며 바랄 뿐입니다려.

개여울의 노래

그대가 바람으로 생겨났으면!
달 돋는 개여울의 빈 들 속에서
내 옷의 앞자락을 불기나 하지.

우리가 굼벵이로 생겨났으면!
비오는 저녁 캄캄한 영 기슭의
미욱한 꿈이나 꾸어를 보지.

만일에 그대가 바다 난끝의
벼랑에 돌로나 생겨났다면,
둘이 안고 굴며 떨어나지지.

만일에 나의 몸이 불귀신이면
그대의 가슴속을 밤도아 태와
둘이 함께 재 되어 스러지지.

봄못

갔던 봄은 왔다나
잎만 수북 떠 있다
헐고 외인 못물가
내가 서서 볼 때다.

물에 드는 그림자
어울리며 흔든다
새도 못할 물소용
물 면으로 솟군다.

채 솟구도 못하여
솟구다는 삼킨다
하건대는 우리도
이러하다 할쏘냐.

바람 앞에 풍겨나
제자리를 못 잡아
몸을 한곳 못 두어
애가 탈손 못물아.

한때 한때 지나다
가고 말 것뿐이라
다시 헛된 세상에
안정 밖에 있겠구나.

여자의 냄새

푸른 구름의 옷 입은 달의 냄새.
붉은 구름의 옷 입은 해의 냄새.
아니, 땀 냄새, 때묻은 냄새,
비에 맞아 추거운 살과 옷 냄새.

푸른 바다…… 어즐이는 배……
보드라운 그리운 어떤 목숨의
조그마한 푸릇한 그무러진 영(靈)
어우러져 비끼는 살의 아우성……

다시는 장사(葬事) 지나간 숲 속의 냄새.
유령(幽靈) 실은 널뛰는 뱃간의 냄새.
생고기의 바다의 냄새.
늦은 봄의 하늘을 떠도는 냄새.

모래 둔덕 바람은 그물 안개를 불고
먼 거리의 불빛은 달 저녁을 울어라.
냄새 많은 그 몸이 좋습니다.
냄새 많은 그 몸이 좋습니다.

팔베개 노래조調

첫날에는 길동무
만나기 쉬운가
가다가 만나서
길동무 되지요.

날긇다 말아라
가장(家長) 님만 님이랴
오다가다 만나도
정붙이면 님이지.

화문석 돗자리
놋촛대 그늘엔
칠십 년 고락을
다짐 둔 팔베개.

드나는 곁방의
미닫이 소리라
우리는 하룻밤
빌어 얻은 팔베개.

조선의 강산아
네가 그리 좁더냐
삼천 리 서도를
끝까지 왔노라.

삼천 리 서도를
내가 여기 왜 왔나
남포의 사공님
날 실어다 주었소.

집 뒷산 솔밭에
버섯 따던 동무야
어느 뉘집 가문에
시집가서 사느냐.

영남의 진주는
자라난 내 고향
부모 없는
고향이라우.

오늘은 하룻밤
단잠의 팔베개
내일은 상사(相思)의
거문고 베개라.

첫 닭아 꼬꾸요
목놓지 말아라
품속에 있던 님
갈 차비 차릴라.

두루두루 살펴도
금강 단발령(斷髮令)
고갯길도 없는 몸
나는 어찌하라우.

영남의 진주는
자라난 내 고향
돌아갈 고향은
우리 님의 팔베개.

벗 마을

흰 꽃잎 조각조각 흩어지는데
줄로 선 버드나무 동구 앞에서
달밤에 눈 맞으며 놓기 어려워
붙잡고 울던 일도 있었더니라.

삼 년 후 다시 보자 서로 말하고
어두운 물결 위에 몸을 맡기며
부두의 너풀리는 붉은 깃발을
에이는 마음으로 여겼더니라

손의 집 단칸방에 밤이 깊었고
젊음의 불심지가 마저 그므는
사람의 있는 설움 말을 다하는
차마 할 상면까지 보았더니라

쓸쓸한 고개고개 아홉 고개를
비로소 넘어가서 땅에 묻히는
한 줌의 흙집 위에 뿌리는 비를
모두 다 보기도 하였더니라

끝끝내 첫 상종을 믿었던 것이
모두 다 지금 와서 내 가슴에는
무더기 또 무더기 그 한구석의
거친 두던만을 지을 뿐이라.

지금도 고요한 밤 자리 속에서
진땀에 떠서 듣는 창지(窓紙) 소리는
갈대말 타고 놀던 예전 그날에
어두운 그림자가 나리더니라.

집 생각

산에나 올라서서
바다를 보라
사면(四面)에 백(百)열 리(里), 창파(滄波) 중에
객선(客船)만 둥둥…… 떠나간다.

명산대찰(名山大刹)이 그 어디메냐
향안(香案), 향합(香盒), 대그릇에,
석양이 산머리 넘어가고
사면에 백열 리, 물 소리라

젊어서 꽃 같은 오늘날로
금의(金衣)로 환고향(還故鄉) 하옵소사.
객선만 둥둥…… 떠나간다
사면에 백열 리, 나 어찌 갈까

까투리도 산 속에 새끼 치고
타관만리(他關萬里)에 와 있노라고
산중만 바라보며 목메인다
눈물이 앞을 가리운다고

들에나 내려오면
쳐다보라
해님과 달님이 넘나든 고개
구름만 첩첩…… 떠돌아간다

춘강 春崗

속잎 푸른 고울 잔디.
소래라도 내려는 듯,
쟁쟁하신 고운 햇볕
눈 뜨기에 바드랍네.

자주 들인 적은 꽃과
노란 물든 산국화엔,
달고 옅은 인새 흘러
나비 벌이 잠재우네.

복사나무 살구나무,
불그스레 취하고,
개창버들 파란 가지
길게 늘여 어리이네.

일에 갔던 파린 소는
서룬 듯이 길게 울고,
모를 시름 조던 개는
다리 뻗고 하품하네.

청초(靑草) 청초 우거진
곳,
송이송이 붉은 꽃숨,
꿈같이 그 우리 님과
손목 잡고 놀던 델세.

애모

왜 아니 오시나요.
영창(映窓)에는 달빛, 매화(梅花)꽃이
그림자는 산란(散亂)히 휘젓는데.
아이. 눈 꽉 감고 요대로 잠을 들자.

저 멀리 들리는 것!
봄철의 밀물소리
물나라의 영롱한 구중궁궐(九重宮闕), 궁궐의 오요한 곳,
잠 못 드는 용녀(龍女)의 춤과 노래, 봄철의 밀물 소리.

어두운 가슴속의 구석구석······
환연한 거울 속에, 봄 구름 잠긴 곳에,
소솔비 내리며, 달무리 둘려라.
이대도록 왜 아니 오시나요. 왜 아니 오시나요.

저녁

실 비끼듯 건너 맨 땅끝 아래로
바죽이 떠오르는 주홍의 저녁.
큰 두던 적은 두던 어울만이오.
물결은 힐끔하다 곳은 개구역

버스럭 소리 나는 나무 아래로
나가면 길을 좇아 몸은 어디로
아아 이는 맘대로 흘러 떠돌아
집 길도 아닌 길에 오늘도 하루.

밤은 번쩍거리는 검은 못물에
잠기는 초승달이 힐끔하거든
아니 아직 저녁엔 빛이 있구나
아아 다시 그 무엇 오는 밤에는.

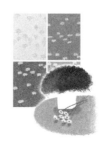

무덤

그 누가 나를 헤내는 부르는 소리
붉으스름한 언덕, 여기저기
돌무더기도 움직이며, 달빛에,
소리만 남은 노래 서리워 엉겨라,
옛 조상들의 기록을 묻어둔 그곳!
나는 두루 찾노라, 그곳에서,
형적 없는 노래 흘러 퍼져,
그림자 가득한 언덕으로 여기저기,
그 누구가 나를 헤내는 부르는 소리
부르는 소리, 부르는 소리,
내 넋을 잡아끌어 헤내는 부르는 소리.

낭인浪人의 봄

휘둘러 산을 넘고 굽이진 물을 건너
푸른 풀 붉은 꽃에 길 걷기 시름이어.
잎 누런 시닥나무, 철 이른 푸른 버들,
해 벌써 석양인데 불숫는 바람이어.

골짜기 이는 연기 메 틈에 잠기는데
산마루 도는 손의 슬지는 그림자여.
산길가 외론 주막 어이그, 쓸쓸한데
먼저 든 짐장수의 곤한 말 한 소리여.

지는 해 그림자니, 오늘은 어디까지
어둔 뒤 아무데나, 가다가 묵을네라.
풀숲에 물김 뜨고, 달빛에 새 놀래는
고운 봄 야반(夜半)에도 내 사람 생각이어.

남의 나라 땅

돌아다 보이는 무쇠다리
얼결에 띄워 건너서서
숨 고르고 발 놓는 남의 나라 땅.

널

성촌(城村)의 아가씨들
널 뛰노나
초파일 날이라고
널을 뛰지요

바람 불어요
바람이 분다고!
담 안에는 수양(垂楊)의 버드나무
채색(彩色)줄 층층(層層) 그네 매지를 말아요

담 밖에는 수양의 늘어진 가지
늘어진 가지는
오오 누나!
휘젓이 늘어져서 그늘이 깊소.

좋다 봄날은
몸에 겹지
널 뛰는 성촌의 아가씨네들
널은 사랑의 버릇이라오

눈물이 수르르 흘러납니다

눈물이 수르르 흘러납니다.
당신이 하도 못 잊게 그리워서
그리 눈물이 수르르 흘러납니다.

잊히지도 않는 그 사람은
아주나 내버린 것이 아닌데도
눈물이 수르르 흘러납니다.

가뜩이나 설운 맘이
떠나지 못할 운에 떠난 것도 같아서
생각하면 눈물이 수르르 흘러납니다.

달밤

저 달이 날더러 속삭입니다
당신이 오늘밤에 잊으신다고.

낮같이 밝은 그 달밤의
흔들려 멀어오는 물노래고요,
그 노래는 너무도 외로움에
근심이 사못되어 비낍니다.

부승기는 맘에 갈기는 때에
그지없이 씨달픈 이내 넋을,
주님한테 온전히 당신한테
모아 묶어 바칩니다.

그러나 괴로운 가슴에 껴안기는 달은
속속들이 당신을 쏠아냅니다……
당신이 당신이 오늘밤에 잊으신다고
내 맘에 미욱함이 불서럽다고.

만나려는 심사

저녁해는 지고서 어스름의 길,
저 먼 산엔 어두워 잃어진 구름,
만나려는 심사는 웬 셈일까요,
그 사람이야 올 길 바이없는데,
발길은 누 마중을 가잔 말이냐.
하늘엔 달 오르며 우는 기러기.

저녁 때

마소의 무리와 사람들은 돌아들고, 적적히 빈 들에,
엉머구리 소리 우거져라.
푸른 하늘은 더욱 낮추, 먼 산 비탈길 어둔데
우뚝우뚝한 드높은 나무, 잘 새도 깃들어라.

볼수록 넓은 벌의
물빛을 물끄럼히 들여다보며
고개 수그리고 박은 듯이 홀로 서서
긴 한숨을 짓느냐. 왜 이다지!

온 것을 아주 잊었어라, 깊은 밤 예서 함께
몸이 생각에 가볍고, 맘이 더 높이 떠오를 때.
문득, 멀지 않은 갈숲 새로
별빛이 솟구어라.

야의 우적

어데로 돌아가랴,
나의 신세는,
내 신세 가엾이도
물과 같아라.

험구진 산막지면
돌아서 가고,
모지른 바위이면
넘쳐흐르랴.

그러나 그리해도
헤날 길 없어,
가엾은 설움만은
가슴 눌러라.

그 아마 그도 같이
야(夜)의 우적(雨滴),
그같이 지향없이
헤매임이라.

눈 오는 저녁

바람 자는 이 저녁
흰 눈은 퍼붓는데
무엇하고 계시노
같은 저녁 금년(今年)은……

꿈이라도 꾸면은!
잠들면 만날런가.
잊었던 그 사람은
흰 눈 타고 오시네.

저녁때. 흰 눈은 퍼부어라.

고만두풀 노래를 가져
월탄月灘에게 드립니다

1

즌퍼리의 물가에
우거진 고만두
고만두풀 꺾으며
「고만두라」 합니다.

두 손길 맞잡고
우두커니 앉았소.
잔지르는 수심가(愁心哥)
「고만두라」 합니다.

슬그머니 일면서
「고만갑소」 하여도
앉은 대로 앉아서
「고만두고 맙시다」고.

고만두 풀숲에
풀버러지 날을 때
둘이 잡고 번갈아
「고만두고 맙시다.」

2

「어찌하노 하다니」
중얼이는 혼잣말
나도 몰라 왔어라
입버릇이 된 줄을.

쉬일 때나 있으랴
생시엔들 꿈엔들
어찌하노 하다니
뒤채이는 생각을.

하지마는 「어찌노」
중얼이는 혼잣말
바라나니 인간에
봄이 오는 어느 날.

돋히어나 주고저
마른 나무 새 엄을,
두들겨나 주고저
소리 잊은 내 북을.

고락

무거운 짐 지고서 닫는 사람은
기구한 발부리만 보지 말고서
때로는 고개 들어 사방산천의
시원한 세상 풍경 바라보시오

먹이의 달고 씀은 입에 달리고
영욕의 고(苦)와 낙(樂)도 맘에 달렸소
보시오 해가 져도 달이 뜬다오
그믐밤 날 궂거든 쉬어가시오

무거운 짐 지고서 닫는 사람은
숨차다 고갯길을 탄치 말고서
때로는 맘을 눅여 탄탄대로의
이제도 있을 것을 생각하시오

편안히 괴로움의 씨도 되고요
쓰림은 즐거움의 씨가 됩니다
보시오 화전(火田)망정 갈고 심으면
가을에 황금 이삭 수북 달리오

칼날 위에 춤추는 인생이라고
물 속에 몸을 던진 몹쓸 계집애
어쩌면 그럴듯도 하긴 하지만
그렇지 않은 줄은 왜 몰랐던고

칼날 위에 춤추는 인생이라고
자기가 칼날 위에 춤을 춘 게지
그 누가 미친 춤을 추라 했나요
얼마나 비꼬이운 계집애던가

야말로 제 고생을 제가 사서는
잡을 데 다시 없어 엄나무지요
무거운 짐 지고서 닫는 사람은
길가의 청풀밭에 쉬어가시오

무거운 짐 지고서 닫는 사람은
기구한 발부리만 보지 말고서
때로는 춘하추동 사방산천의
뒤바뀌는 세상도 바라보시오

무겁다 이 짐일랑 벗을 겐가요
괴롭다 이 길일랑 아니 걷겠나
무거운 짐 지고서 닫는 사람은
보시오 시내 위의 물 한 방울을

한 방울 물이라도 모여 흐르면
흘러가서 바다의 물결 됩니다
하늘로 올라가서 구름 됩니다
다시금 땅에 내려 비가 됩니다

비 되어 나린 물이 모둥켜지면
산간에 폭포 되어 수력전기요
들에선 관개 되어 만종석(萬鍾石)이요
메말라 타는 땅엔 기름입니다

어여쁜 꽃 한 가지 이울어갈 제
밤에 찬 이슬 되어 축여도 주고
외로운 어느 길손 창자 주릴 제
길가의 찬 샘 되어 눅궈도 주오

시내의 여지없는 물 한 방울도
흐르는 그만뜻이 이러하거든
어느 인생 하나이 저만 가라고
기구하다 이 길을 타발켓나요

이 짐이 무거움에 뜻이 있고요
이 짐이 괴로움에 뜻이 있다오
무거운 짐 지고서 닫는 사람이
이 세상 사람다운 사람이라오

봄비

어룰 없이 지는 꽃은 가는 봄인데
어룰 없이 오는 비에 봄은 울어라.
서럽다 이 나의 가슴속에는!
보라, 높은 구름 나무의 푸릇한 가지.
그러나 해 늦으니 어스름인가.
애달피 고운 비는 그어 오지만
내 몸은 꽃자리에 주저앉아 우노라.

희망

날은 저물고 눈이 나려라
낯설은 물가으로 내가 왔을 때.
산 속의 올빼미 울고 울며
떨어진 잎들은 눈 아래로 깔려라.

아아 숙살(肅殺)스러운 풍경이여
지혜의 눈물을 내가 얻을 때!
이제금 알기는 알았건마는!
이 세상 모든 것을
한갓 아름다운 눈어림의
그림자뿐인 줄을.

이울어 향기 깊은 가을밤에
우무주러진 나무 그림자
바람과 비가 우는 낙엽 위에.

초혼 招魂

산산히 부서진 이름이여!
허공(虛空) 중에 헤여진 이름이여!
불러도 주인 없는 이름이여!
부르다가 내가 죽을 이름이여!

심중(心中)에 남아 있는 말 한마디는
끝끝내 마저 하지 못하였구나.
사랑하던 그 사람이여!
사랑하던 그 사람이여!

붉은 해는 서산 마루에 걸리웠다.
사슴이의 무리도 슬피 운다.
떨어져 나가 앉은 산 위에서
나는 그대의 이름을 부르노라.

설움에 겹도록 부르노라.
설움에 겹도록 부르노라.
부르는 소리는 비껴 가지만
하늘과 땅 사이가 너무 넓구나.

선 채로 이 자리에 돌이 되어도
부르다가 내가 죽을 이름이여!
사랑하던 그 사람이여!
사랑하던 그 사람이여!

깊이 믿던 심성

깊이 믿던 심성이 황량한 내 가슴속에,
오고가는 두서너 구우(舊友)를 보면서 하는 말이
이제는, 당신네들도 다 쓸데없구려!

무신

그대가 돌이켜 물을 줄도 내가 아노라,
무엇이 무신(無信)함이 있더냐? 하고,
그러나 무엇하랴 오늘날은
야속히도 당장에 우리 눈으로
볼 수 없는 그것을, 물과 같이
흘러가서 없어진 맘이라고 하면.

검은 구름은 메기슭에서 어정거리며,
애처롭게도 우는 산의 사슴이
내 품에 속속들이 붙안기는 듯.
그러나 밀물도 쎄이고 밤은 어두워
닻 주었던 자리는 알 길이 없어라.
시정(市井)의 흥정 일은
외상으로 주고받기도 하건마는.

여수 旅愁

1

유월 어스름 때의 빗줄기는
암황색(暗黃色)의 시골(屍骨)을 묶어 세운 듯,
뜨며 흐르며 잠기는 손의 널쪽은
지향(指向)도 없어라, 단청(丹靑)의 홍문(紅門)!

2

저 오늘도 그리운 바다,
건너다 보자니 눈물겨워라!
조그마한 보드라운 그 옛적 심정(心情)의
분결 같던 그대의 손의
사시나무보다도 더한 아픔이
내 몸을 에워싸고 휘떨며 찔러라,
나서 자란 고향의 해 돋는 바다요.

생과 사

살았대나 죽었대나 같은 말을 가지고
사람은 살아서 늙어서야 죽나니,
그러하면 그 역시 그럴듯도 한 일을,
하필(何必)코 내 몸이라 그 무엇이 어째서
오늘도 산마루에 올라서서 우느냐.

님의 노래

그리운 우리 님의 맑은 노래는
언제나 제 가슴에 젖어 있어요

긴 날을 문 밖에서 서서 들어도
그리운 우리 님의 고운 노래는
해지고 저물도록 귀에 들려요
밤들고 잠들도록 귀에 들려요

고이도 흔들리는 노래가락에
내 잠은 그만이나 깊이 들어요
고적(孤寂)한 잠자리에 홀로 누어도
내 잠은 포스근히 깊이 들어요

그러나 자다 깨면 님의 노래는
하나도 남김없이 잃어버려요
들으면 듣는 대로 님의 노래는
하나도 남김없이 잊고 말아요

꿈(1)

닭 개 짐승조차도 꿈이 있다고
이르는 말이야 있지 않은가,
그러하다, 봄날은 꿈꿀 때.
내 몸에야 꿈이나 있으랴,
아아 내 세상의 끝이여,
나는 꿈이 그리워, 꿈이 그리워.

꿈(2)

꿈? 영(靈)의 헤적임. 설움의 고향.
울자, 내 사랑, 꽃 지고 저무는 봄.

항전애창巷傳哀唱 명주 딸기

1
딸기 딸기 명주 딸기
집집이 다 자란 맏딸아기
딸기 딸기는 다 익었네
내일은 열하루 시집갈 날
일모창산 날 저문다
월출동정에 달이 솟네
오호로 배 띄어라
범녀도 님 싣고 떠나간 길

노던 벌에
오는 비는
숙낭자의
눈물이라

어얼시구 밤이 간다
내일은 열하루 시집갈 날

2

흰 꽃 흰 꽃 흰 나비와
흰 이마 흰 눈물 검은 머리.
흰 꽃 흰 꽃 나붓는데
흰 이마 흰 눈물 검은 머리.

3

산에서 보면 바다가 좋고
바다에서는 산이 좋고
온 데 간 데 다 좋아도
어디다 내 집을 지어둘고.

4

있다고 있는 척 못할 일이
없다고 부러워 안 할 일이
세상에 못난 이 없는 것이
저 잘난 성수에 살아보리.

5

죽어간 님을 님이래랴
뚫어진 신짝을 신이래랴.
앞 남산에 불탄 등걸
잎 피던 자국에 좀이 드네.

님의 말씀

세월이 물과 같이 흐른 두 달은
길어둔 독엣물도 찌었지마는
가면서 함께 가자 하던 말씀은
살아서 살을 맞는 표적이외다

봄풀은 봄이 되면 돋아나지만
나무는 밑그루를 꺾은 셈이요
새라면 두 죽지가 상한 셈이라
내 몸에 꽃필 날은 다시 없구나

밤마다 닭 소리라 날이 첫시(時)면
당신의 넋맞이로 나가볼 때요
그믐에 지는 달이 산에 걸리면
당신의 길신가리 차릴 때외다

세월은 물과 같이 흘러가지만
가면서 함께 가자 하던 말씀은
당신을 아주 잊던 말씀이지만
죽기 전 또 못 잊을 말씀이외다

열락悅樂

어둡게 깊게 목메인 하늘.
꿈의 품속으로써 굴러나오는
애달피 잠 안오는 유령의 눈결.
그림자 검은 개버드나무에
쏟아져 내리는 비의 줄기는
흐느껴 비끼는 주문(呪文)의 소리.

시커먼 머리채 풀어헤치고
아우성하면서 가시는 따님.
헐벗은 벌레들은 꿈틀일 때,
흑혈(黑血)의 바다. 고목(枯木) 동굴(洞窟).

탁목조(啄木鳥)의
쪼아리는 소리, 쪼아리는 소리.

김소월 연보

1902년 9월 7일(음력 8월 6일)

· 평안북도 구성군 서산면 왕인동 외가에서 부친 김성도(金性燾), 모친 장경숙(張景淑)의 장남으로 태어남. 본관 공주(公州). 본명 정식(廷湜), 필명 소월(素月).

1904년 2세

· 철도를 부설하던 일본인의 폭행으로 부친이 정신질환을 앓아 조부 김상주(金相疇)의 훈도 아래 성장.

1907년 5세

· 조부가 독서당을 개설해 한문 공부 시작.

1909년 7세

· 남산학교(南山學校) 입학.

1915년 13세

· 남산학교 졸업. 오산학교(五山學校) 중학부 입학. 시인 김억에게 문학 공부 시작.

1916년 14세

· 조부가 배필로 정해준 홍명희(洪明熙)의 딸 상(尙)과 결혼. 뒤에 소월이 단실(丹實)로 개명시킴. 소월보다 3살 연상.

1919년 17세

· 3·1 운동으로 오산학교가 문을 닫게 됨. 맏딸 구생(龜生) 출생.

1920년 18세

· 오산학교 수료. 김억의 지도로 〈낭인의 봄〉, 〈그리워〉, 〈춘강〉 등을 ≪창조≫에 발표하면서 문단 등단. 둘째딸 구원(龜源) 출생.

1921년 19세

· 맏아들 준호(俊鎬) 출생.

1922년 20세

· 배재고보 5학년 편입. 소설 〈함박눈〉, 시 〈금잔디〉, 〈엄마야 누나야〉, 〈진달래꽃〉 등 발표. 둘째아들 은호(殷鎬) 출생.

1923년 21세

· 배재고보 교지에 〈길손〉, 〈달밤〉, 〈접동새〉 발표. 배재고보 졸업 후 일본 도쿄대학교 상과대학 전문부에 입학. 10월 관동 대지진 후 귀국.

1924년 22세

· 귀국 후 고향에서 조부의 광산 일을 도움. 김동인, 김찬영과 ≪영대≫ 동인이 됨.

1925년 23세

· 시집 ≪진달래꽃≫을 매문사에서 간행. 시론 〈시혼〉을 ≪개벽≫에 발표.

1926년 24세

· 부모님의 반대로 결혼을 못한 첫사랑이던 오순의 죽음으로 방황. 7월 평안북도 구성군에 동아일보 구성지국 지국장 재임.

1927년 25세

· 3월 동아일보 지국 폐쇄. 〈팔베개 노래〉 발표. 고리대금업에 손댐.

1929년 27세

· 스승 김억의 추천으로 조선시가협회 회원이 됨.

1932년 30세

· 셋째아들 정호(正鎬) 출생. 독립운동가 배찬경에게 도피 자금을 대주고 자신도 만주로 떠나려 하지만 실패함.

1934년 32세

· 〈제이·엠·에쓰〉, 〈돈타령〉 발표. 12월 24일 오전 8시 고향 곽산에서 아편을 먹고 음독자살한 시신으로 발견됨. 평안북도 구성군 서산면 평지동에 안장 후 서산면 평지동 왕릉산으로 이장.

국어과 선생님이 뽑은

한국문학읽기
한국고전읽기
세계문학읽기